Icky Doo Dah

To Calum

from Simon's dad...

Murray

2008

Simon Murray

For Christine

First published in 2006 by Mokee Joe Promotions Ltd
8 Rivock Avenue, Steeton BD20 6SA

www.ickydoodah.com

ISBN 0-9553415-0-7
ISBN 978-0-9553415-0-2

Text and illustrations copyright © Simon Murray 2006

With great thanks to Sycamore Photographic Studios, Alex des Forges,
Cipriano and Sarah Martinez, Diane Hatherall, Matthew Murray,
Sarah Wilson and Rachel Huggett.

A CIP catalogue record for this book is available from the British Library.

Printed in Great Britain by Cougar Printing Company Ltd, Tel: 01535 690755.

A note from the author:

I would like to dedicate this book to ~~Icky.~~ *Icky.*
~~all the people who have~~
~~contributed to the entire project~~
~~and thank them wholeheartedly.~~

Simon Murray, July 2006

My Name is
Icky Doo Dah!

I cause **trouble** on Copperpot Farm,
somewhere in the **middle** of a
place called Nowhere.

Can you see **me** in the picture?

Well, if you can, you must be
more **doolally** than **me**, because **I** don't
even **appear** until **page 5!**

WELCOME TO
NOWHERE

Let's go a little closer...
...you and me!
Over the page,
where you will see...

...**Me!** I couldn't wait 'til page 5 – why should I?
This book's all about **me**, isn't it?
Tell you what though,
I'll not show myself all at once, but here are
a few clues to help you piece me together!
I have...

2 greedy little eyes

4 scary blue horns

1 enormous mouth

2 grubby little mitts

4 not so scary feathers...

I'm **not** a golden **eagle**, a **rhino**, or a mouse! I'm a scary, **hairy** creature - **come** and see me in my house...

Well here **I am** at last –
all put together.
If you can't see me in **this** picture
you must be **crazy!**

I'm the **charming** one below,
with the classic looks.

I share this dusty **attic** with loads of rancid rats, spindly spiders, and all sorts of **wriggly** things – it's **icky doo dastic!**

I really like **spiders**, but **they** don't like me.
Maybe 'cos I **eat** them, for **my** breakfast, lunch and **tea!**

It's wicked up here!
I get to do whatever I want,
whenever I want!
I really love...
...watching
Old
movies
....flicking
through piles of
dusty old books!

...catching and eating loads of spindly spiders!
Sometimes I try to do all of these things at once.
It's very confusing !??

When I've got a **tummy** full of **spiders**, a head **full** of words and can't possibly watch **any** more **movies** . . .

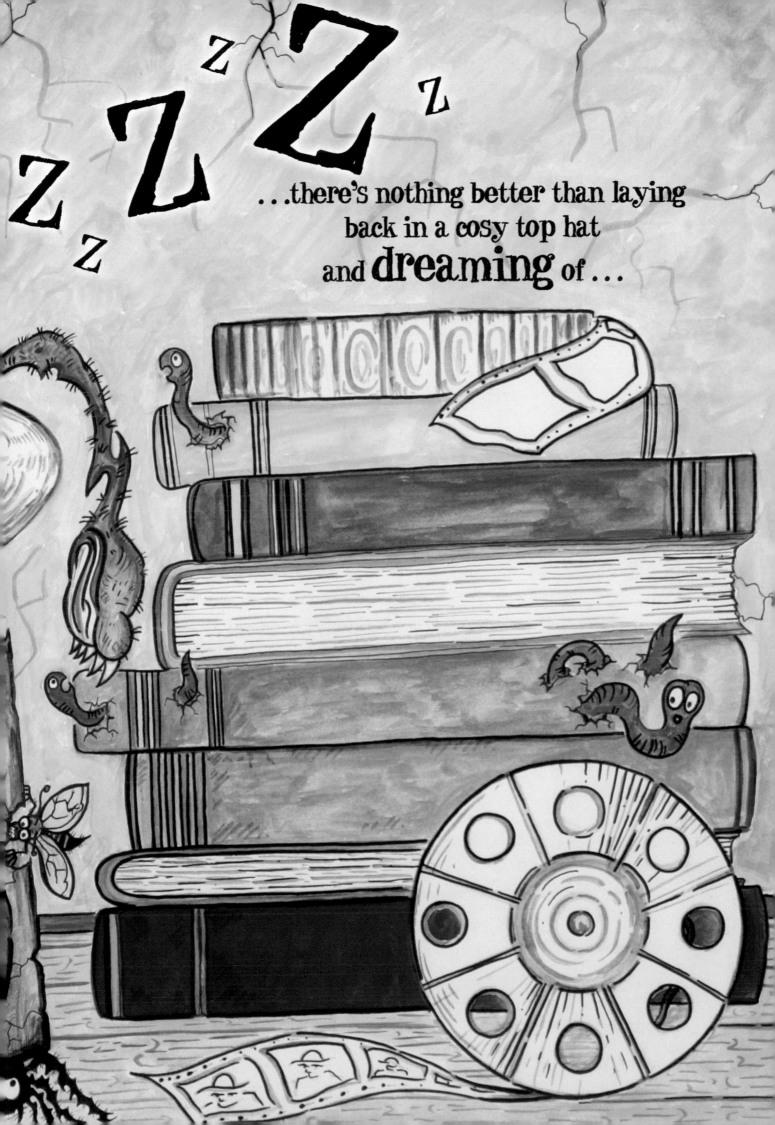

...there's nothing better than laying back in a cosy top hat and **dreaming** of ...

...having **my** own desert island covered with golden **sand**, **piles** of glittering gold, emeralds, **rubies** and pearls... and a pet monkey called **Rudolph!**

Shiver me timbers
Show me your gold!
I'm captain Icky
brave and bold!

I dream of blasting off from Nowhere
and maybe actually going somewhere
- in fact **anywhere!**

To a far-off **galaxy** covered with
twinkling **stars**
and a **Milky Way** with plenty of
planets!

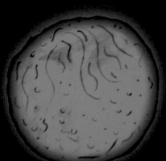

Doo Dah 1

3..2..1.. liftoff -
up to the stars!
I'm Major Doo Dah
Searching for Mars!

Galloping! Galloping!
Holding on **tight**
I'm **Icky** the cowboy
faster than **light!**

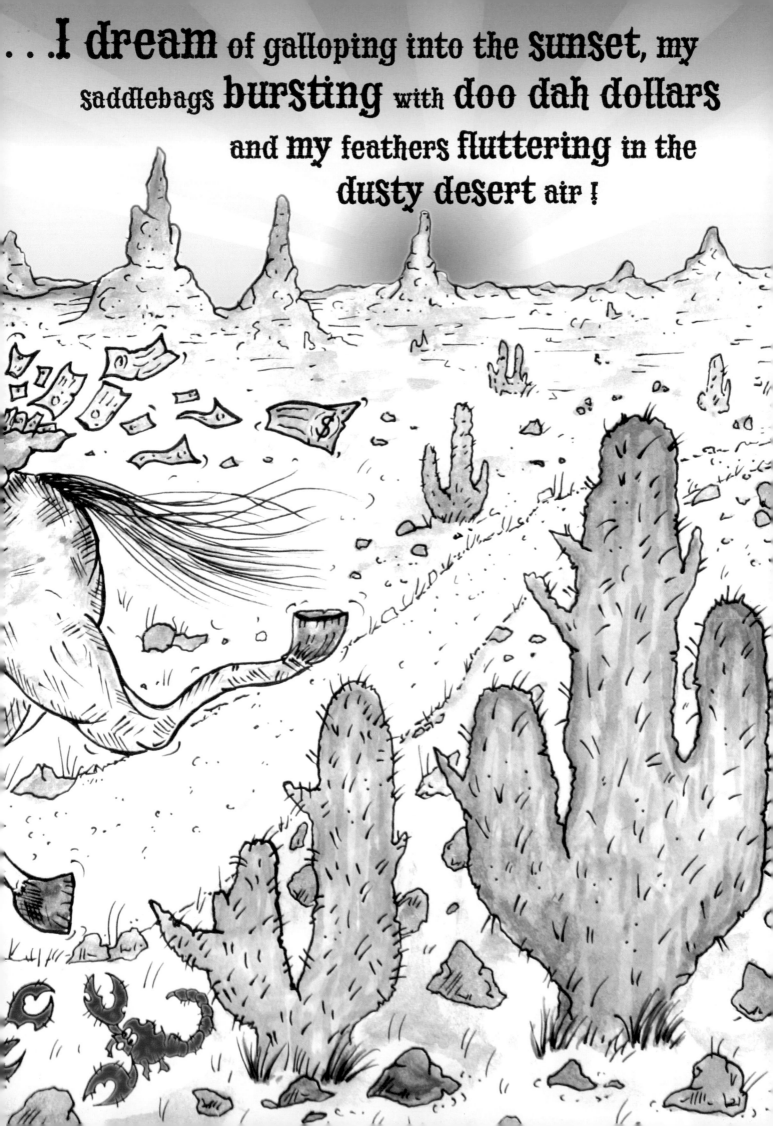

But they are just
Doo Dah dreams.

In **reality**…

…**life** can be dull up here in
the Copperpot loft…

Sometimes, I get so **bored,**
I **even** count my fingers.
There are **always** ten.
It's **not** a very interesting game.

SLAMMM!!!

But when I hear
the slam of the door
Farmer Wiffy's gone out -
So it's time to explore!

Farmer Wiffy doesn't even know
I live in his attic!

Now he's out,
I'll sneak down
and catch his pets
unawares and
cook up a real
doo dah hoo hah

Tiptoe, tiptoe,
1, 2, 3
heading down the corridor
as quiet as can be...

fresh wheatgerm

...tiptoe, tiptoe,
4, 5, 6
I'm out to make some mischief
and play some dirty tricks...

...tiptoe, tiptoe,
7, 8, 9
Farmer Wiffy's in the fields
so the house is all mine!

I spy
With one
beady eye...

...a picture
of **peace**
and **quiet!**

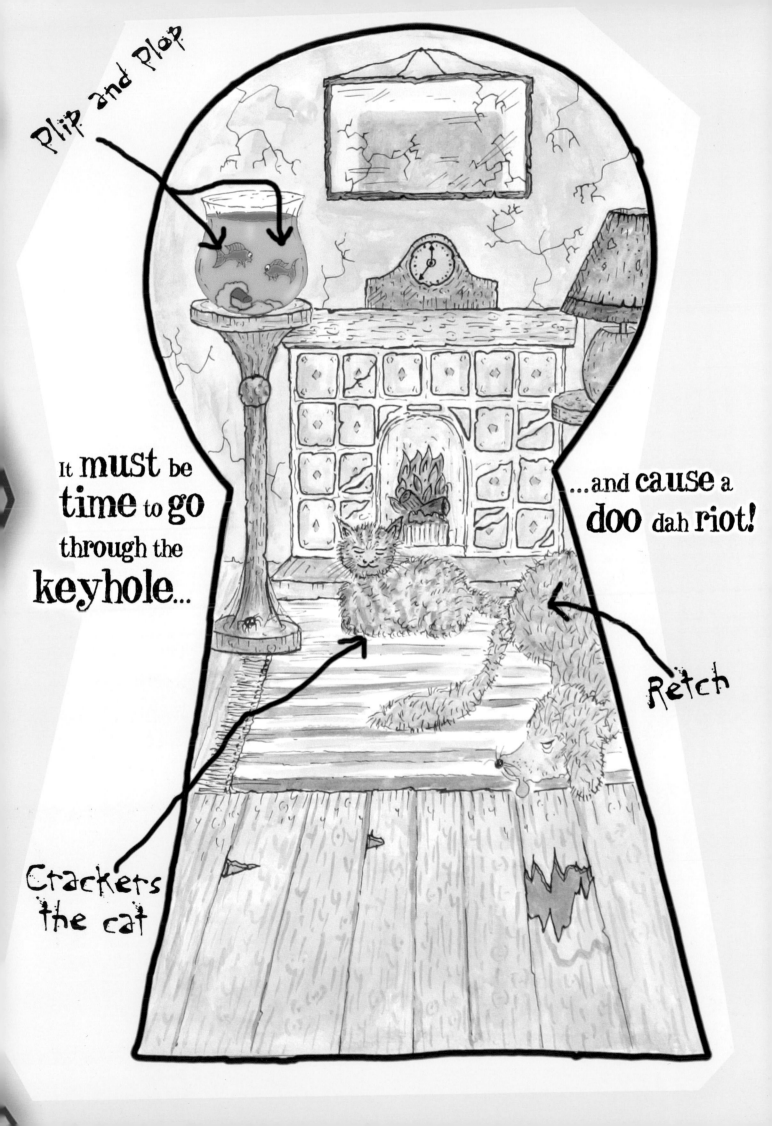

Plip and Plop

It **must** be **time** to **go** through the **keyhole**...

...and **cause** a **doo** dah **riot!**

Crackers the cat

Retch

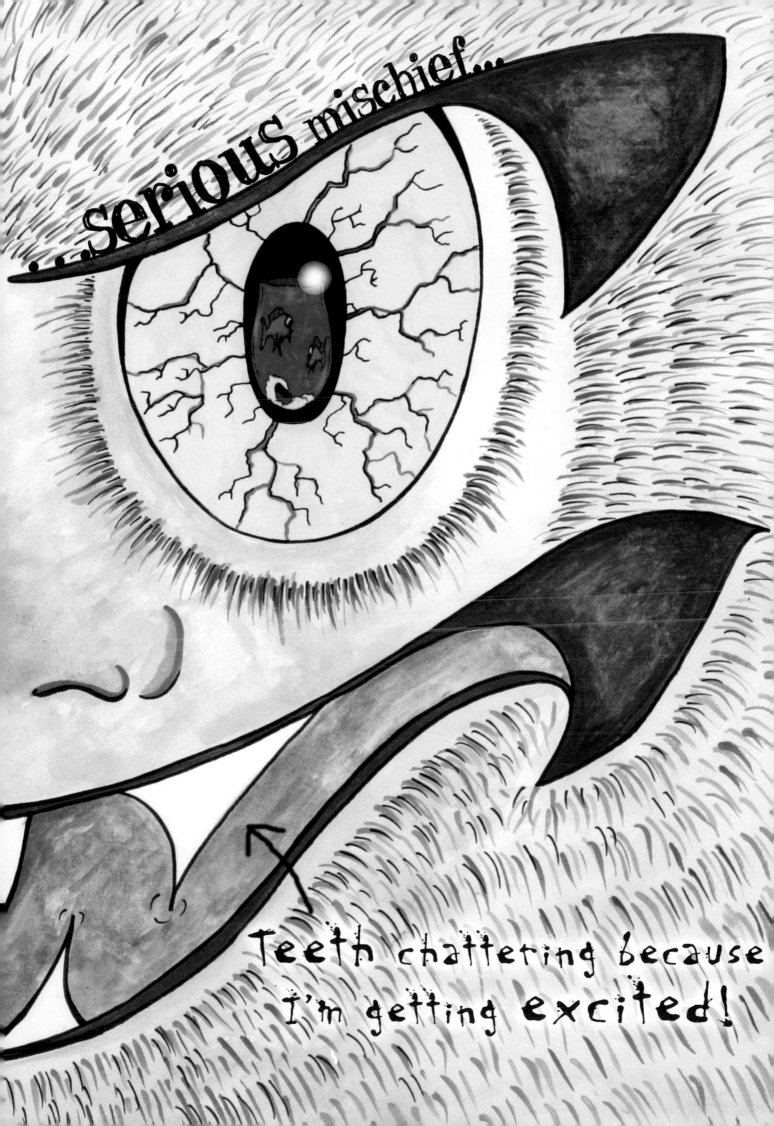

The trickS of Icky Doo Dah take their toll!

...I could **pretend** it's **doo dah o'clock!**

Nope, it's a **no go-** I'd **have** to be thinner...

...I'll **hide** under the floor... ...that's always a **winner!**

I've **dillied** 'round the attic
and **dallied** 'round the house-
trashed everything around me
and kept as quiet as a **mouse!**

Farmer Wiffy's just got back now
and his **pets** have got the **blame** -

every time **he** goes out
it's **always** the same!